ASAHIKOS
ERSTER
SOZUSAGEN?

Asa & Mitja

KAPITEL 6

WAS
VERSTEHST
DU DENN
SCHON?

HAST
DU BAUCH-
SCHMERZEN?

NICK

AH!

EIN
TRAURIGER
ANBLICK?
NA UND...?

DRÜCK

ASA...
HIKO...

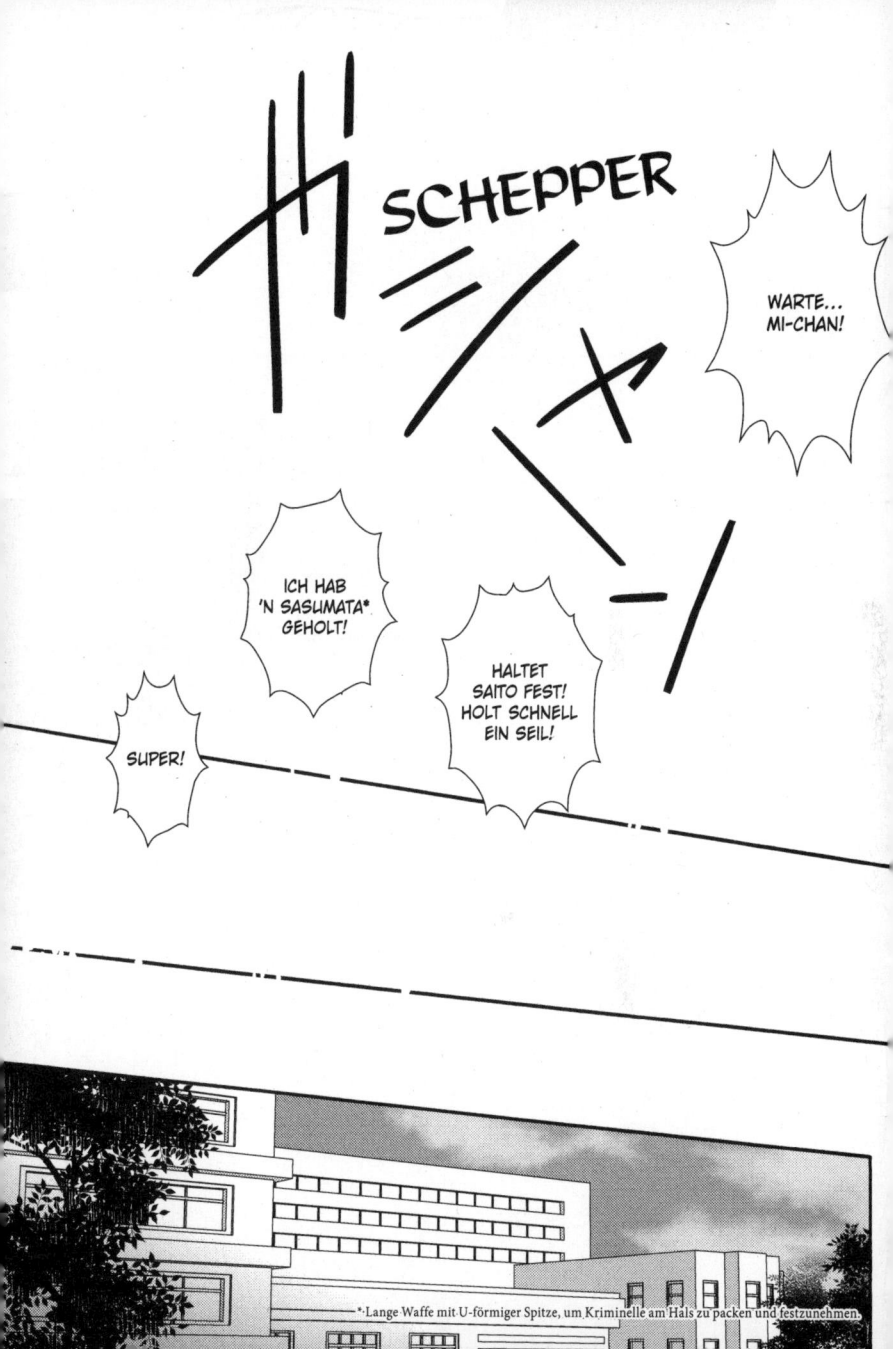

*Lange Waffe mit U-förmiger Spitze, um Kriminelle am Hals zu packen und festzunehmen.

Asa & Mitja

KAPITEL 7

EINS...

BULLSHIT!

HEY, IHR DA!

SCHRRT

SCHAFFT IHR'S ALLEIN HIER RAUS...

... ODER MUSS ICH EUCH HELFEN?

SIND SCHON WEG!

KNURPS

KRIEGEN WIR HIN!

SLRRP

YEAH.

SO! JETZT IST WIEDER RUHE!

ICH GLAUB, FÜR 'NEN KRANKEN-BESUCH...

ÄHM, UM BULLSHIT ZU SPIELEN UND BIRNEN ZU ESSEN...

WARUM SIND WIR ÜBERHAUPT HERGEKOMMEN?

PAMM

EINE FRAGE, MIKA...

HMM?

WAS SOLLTE DEINE AKTION...

... EIGENTLICH BEWIRKEN?

KEINE AHNUNG...

KLAPP

DENK GEFÄLLIGST NACH.

WEIL
ER MIR LEID
GETAN HAT...

... UND...

... VIELLEICHT
WEGEN DER...

... ÄHN-
LICHKEIT...

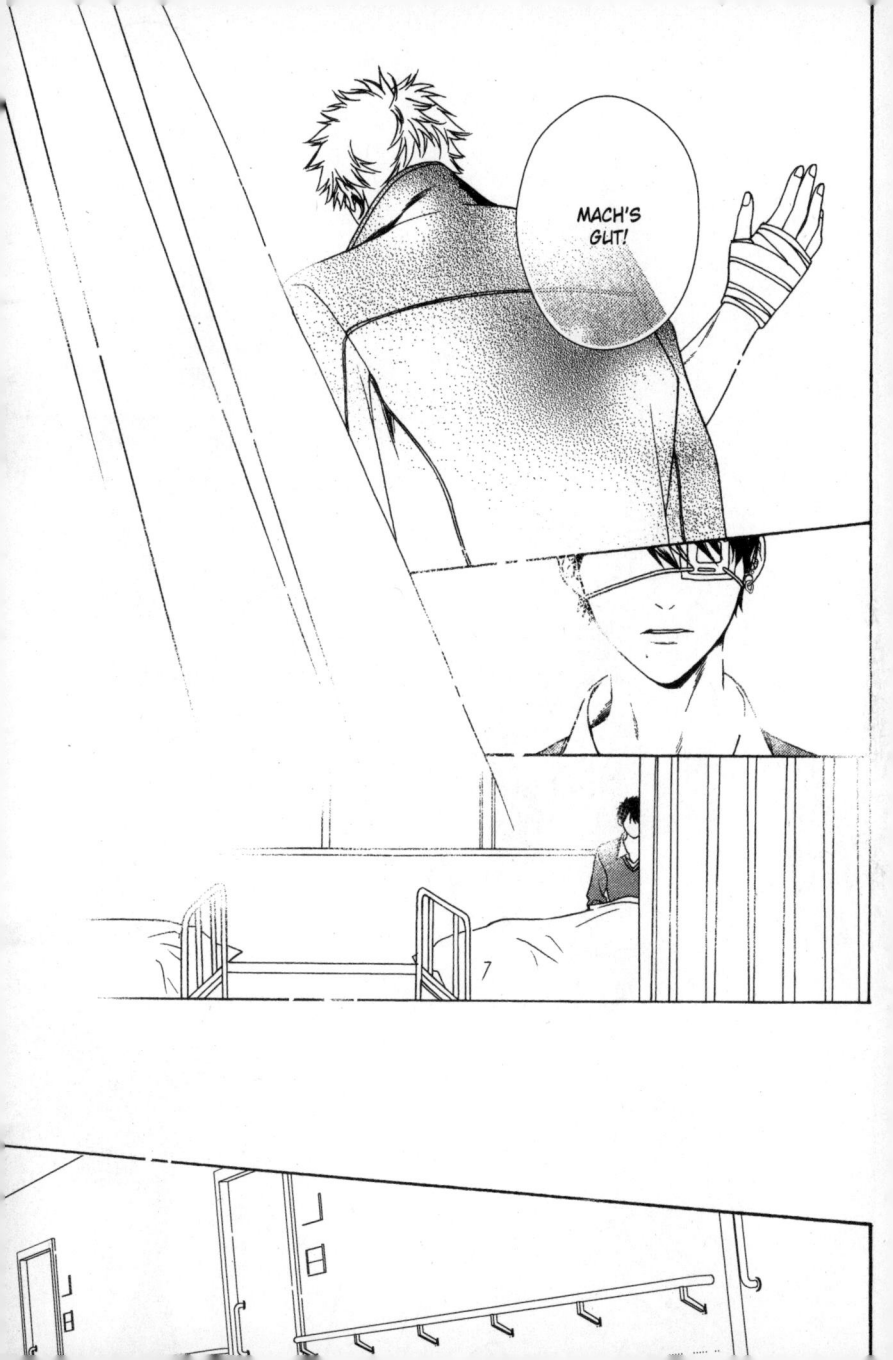

DIE ZUKUNFT LIEGT NOCH VOR UNS!

WAAAS?! ICH DACHTE, DU BIST NOCH LANGE NICHT AM ENDE. DANN HALT AUCH DURCH.

BOAH, BIN ICH FERTIG! TRAG MICH, ERI!

ZUCK

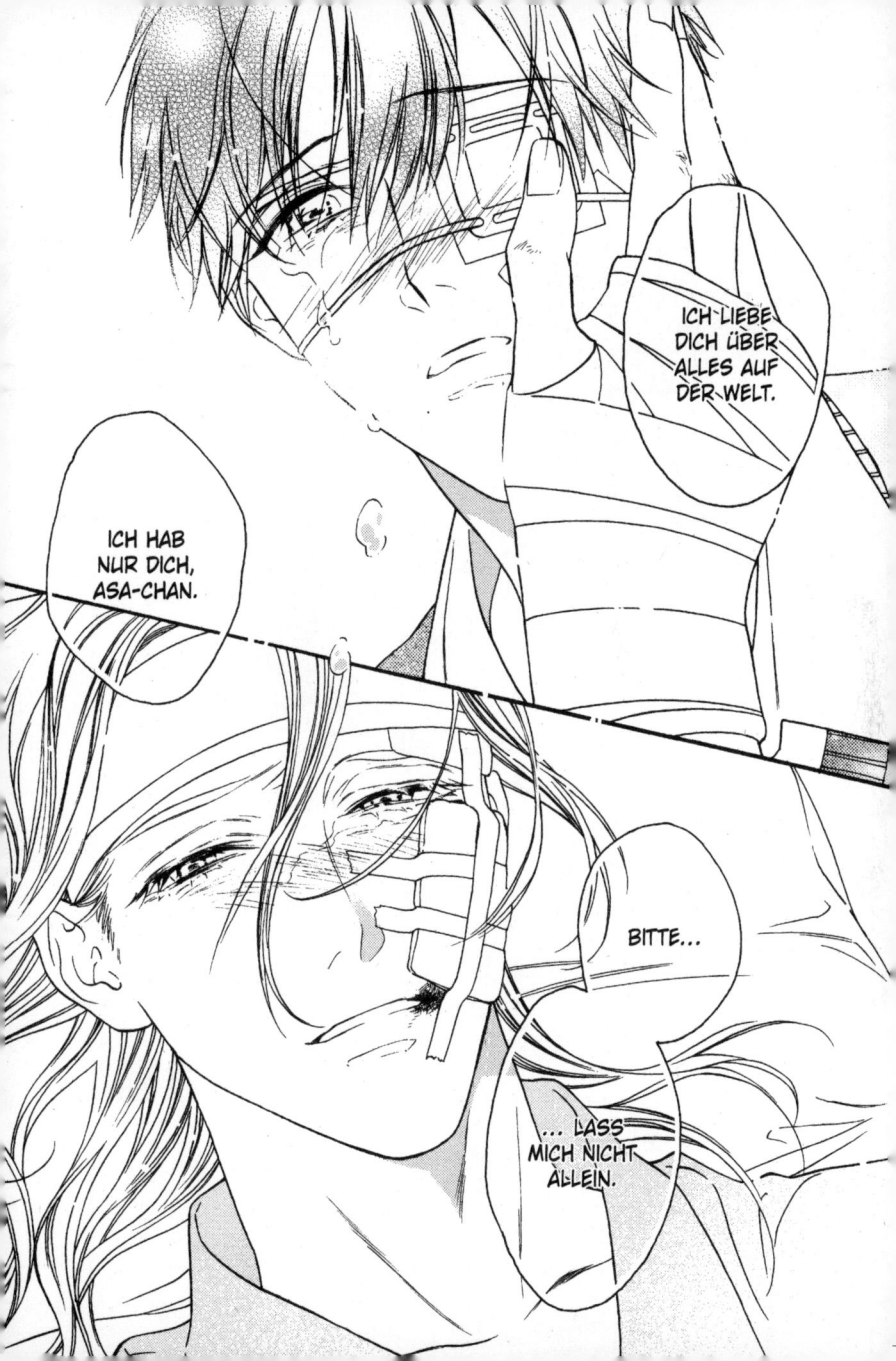

ICH
WERDE DICH
AUCH ...

... NIEMALS IM
STICH LASSEN,
ASA-CHAN.

UND
DESWEGEN
WUSSTE ER
WOHL AUCH
ÜBER DICH
BESCHEID,
MI-CHAN.

ER SAGT,
DU SOLLST
HIERBLEIBEN,
BIS DEINE
VERLETZUNGEN
VERHEILT
SIND.

DAS BAD HIER IST
GRÖSSER UND
VIELE DINGE SIND
PRAKTISCHER...

SLICK

ER HAT EINEN HITZSCHLAG, OBWOHL WIR WINTER HABEN?

HAST DU SCHON GEGESSEN?

...

NEIN, NOCH NICHT...

で、ど〜ん

DODOMM

IST ES NICHT EIN BISSCHEN SPÄT DAFÜR?

ER SIEHT MIR SCHON WIEDER...

... NICHT INS GESICHT.

ICH MACHE MIR NÄMLICH SORGEN...

... ABER DU BRAUCHST AUF MICH KEINE RÜCKSICHT ZU NEHMEN. BITTE BLEIB WENIGSTENS SO LANGE, BIS DEINE VERLETZUNGEN VERHEILT SIND.

BESTIMMT KOMMT DAS ALLES ETWAS PLÖTZLICH UND ES FÄLLT DIR SCHWER, DICH EINZUGEWÖHNEN...

HM? NA JA...

WEIL ICH ERWACHSEN BIN...

WARUM DAS DENN?

DU BIST DIE GANZE ZEIT BEI ASAHIKO GEBLIEBEN, NICHT WAHR?.

UND NOCH ETWAS, ÄHM, MITJA-KUN...

...

DANKE DIR...

76

PAMM

TOCK

HAH...

... ICH LIEBE EINFACH NUR ASA-CHAN!

ICH BIN SO ERBÄRMLICH...

Asa & Mitja

KAPITEL 9

HAST DU MIT IHM GESPROCHEN?

NEIN. ABER ANGERUFEN HAT EIN MANN, DESSEN IDENTITÄT SICH BESTÄTIGEN LIESS.

ICH FRAGE MICH NUR, WARUM ALJOSCHA-SAMA GANZ ALLEIN AN SO EINEN ORT GEREIST IST.

ER IST BEI MEINEM JÜNGEREN BRUDER...

WOMM

WIR HABEN VERSCHIEDENE MÜTTER.

OH... DAS HEISST...

すり RUBB
すり RUBB
すり RUBB
すり RUBB

HACH!

DAS REICHT JETZT, ASAHIKO.

むぎゅ～ KNUDDEL

... EIN MINI-MITJA IST! UND S WAHNSINNI SÜSS! ♡

ABER WARUM BIST DU SO PLÖTZLICH ALLEIN HIERHERGE-KOMMEN?

WARUM WOLLTEST DU DEINEN BRUDER BESUCHEN?

WEIL MIR JEMAND GESAGT HAT, DASS ICH EINEN GROSSEN BRUDER IN JAPAN HAB...

UND WER HAT DIR DAS GESAGT?

ICH BIN NICHT DEIN GROSSER BRUDER.

WARTE, MI-CHAN!

KRRT

ICH HAB KEINE AHNUNG, WAS GENAU HIER LOS IST.

WAS MACHEN WIR JETZT NUR...?

ICH BIN SICHER, DASS ER MEIN BRUDER IST...

DIE INFORMATION STAMMT AUS EINER VERTRAUENSWÜRDIGEN QUELLE.

WAS?! EINER QUELLE...?

ALJOSCHA...

... WEIL WIR VERSCHIEDENE MÜTTER HABEN?

OB ER MICH NICHT MAG...

ICH WAR ÜBERRASCHT UND HAB ANGST BEKOMMEN...

ICH HAB RECHERCHIERT UND ALLES MÖGLICHE ÜBER MEINEN GROSSEN BRUDER RAUSGEFUNDEN.

... DASS WIR IHR PAPA WEGGENOMMEN HABEN ... UND DASS PAPA SEHR BÖSE IST...

DIE FRAU HAT GESAGT...

KEINE SORGE.

ER IST BESTIMMT NUR ÜBERRASCHT.

SICHER BEDEUTET ES MI-CHAN VIEL...

WEIL ER AUF KEINEN FALL DARÜBER REDEN WOLLTE...

... HAB ICH MI-CHAN BIS JETZT SO VIELE DINGE NICHT FRAGEN KÖNNEN.

ABER BEI MIR WAR ES NICHT ANDERS UND TROTZDEM HAT MI-CHAN MICH GEFRAGT.

AUCH ICH WILL MI-CHAN NICHT IM STICH LASSEN!

ABER VIELLEICHT KANN ICH TROTZDEM WAS FÜR IHN TUN.

DAS WAR DAS ERSTE MAL, DASS MICH MI-CHAN SO VON SICH GESTOSSEN HAT.

RASCHEL

... MÜSSEN WIR DOCH ZUSAMMEN WAS TOLLES ERLEBEN!

WO DU EXTRA HERGEKOM- MEN BIST...

KLACK

KRZZ

STIMMT!

NA JA! ER FREUT SICH, ALSO IST ES WOHL EIN VOLLER ERFOLG.

DA WIR KEINE ZEIT FÜR 'NEN AUSFLUG MIT DEM JUNGEN HATTEN, SOLLTE DAS DOCH WENIGSTENS DRIN SEIN.

HEY! FEUERWERK KANN MAN DAS GANZE JAHR MACHEN.

HMM... ABER WIR HABEN DOCH ERST MAI.

BADUMM

BADUMM

BADUMM

POFF

FLOMP

HA HA...

KLACK

DANN IST DIR DEIN OPA IN SEINER UNBEHOLFENEN ART ÄHNLICH.

UND DU BIST JA AUCH WORTKARG.

WARUM WEINST DU...

... ASA-CHAN...?

ER IST MIR GAR NICHT ÄHNLICH!

WEIL DU AUCH EINE FAMILIE HATTEST, MI-CHAN.

GENAU SO WAS NENNT MAN FAMILIE.

ASA-CHAN
...

WEINST
DU?

TAPP
とくく
TAPP

STRECK

NICHT WEINEN.
DAMIT WIRD ALLES
WIEDER GUT.

ER HAT DICH GEKÜSST... ER
HAT ASA-CHAN GEKÜSST...

ACH SO...
DANN IST
JA GUT.

DANKE
DIR...

DER RAUCH
HAT MIR NUR
IN DEN AUGEN
GEBRANNT.

HIER HAST
U AUCH EINE
NDERKERZE.
SIE IST SO
KLEIN UND
HÜBSCH!

ICH DACHTE, DASS ICH MICH/MIT IHM ANFREUNDEN MUSS, WENN ER AUCH SO ALLEIN IST WIE ICH.

ABER DU WILLST DAS JA NICHT ... OBWOHL WIR DOCH EINFACH NUR WIE FREUNDE SEIN KÖNNTEN.

MUTTER WAR SCHON IMMER KRÄNKLICH UND IST IM KRANKENHAUS UND VATER UND WANJA HABEN VIEL ZU TUN.

UND DESWEGEN HAB ICH MICH IMMER GEFRAGT, WIE WOHL MEIN ANDERER GROSSER BRUDER IN JAPAN SO IST...

ALJOSCHA ...

BIST DU ZU HAUSE ALLEIN?

TAPP

KAPITEL 10

SOLL ICH EUCH WIRKLICH NICHT BEGLEITEN...

... UND MICH VORSTELLEN?

WIR KOMMEN SCHON KLAR.

VIELEN DANK.

VERBEUG

NA DANN...

ICH WOLLTE UNBEDINGT...

ÄHM...

WIE KANNST DU MIR NUR SOLCHE SORGEN BEREITEN, KLEINER?

DU HAST MICH TATSÄCHLICH AUSGETRICKST...

ICH HABE NOCH IN JAPAN ZU TUN UND WERDE DIR ERST EINE PREDIGT HALTEN, WENN ICH WIEDER ZURÜCK IN RUSSLAND BIN.

WENN DU ETWAS WISSEN WILLST, KANNST DU MICH ALLES FRAGEN.

DAS WAR NICHT IN ORDNUNG, WEISST DU?

CHU SCHMATZ

鉄道駅
Rail Station

HA HA HA...

UND VOR ALLEM HÄTTEST DU VOLKOV NICHT AUSTRICKSEN DÜRFEN.

ICH WEISS... ES TUT MIR LEID.

KOMMEN SIE, ALJOSCHA-SAMA! GEHEN WIR.

BUHUUU.

KÜMMERE DICH BITTE UM ALJOSCHAS REISEFORMALITÄTEN, VOLKOV.

AH...

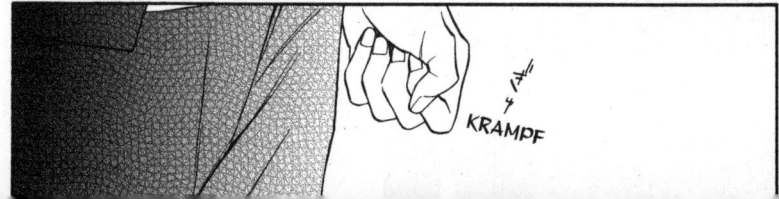

KRAMPF

KLACK

ES TUT MIR LEID, DASS IHR WEGEN ALJOSCHA SOLCHE UMSTÄNDE HATTET.

ICH HEISSE IVAN.

...

SST

...

ALS ICH NOCH KLEIN WAR, IST MEINE MUTTER SCHWER ERKRANKT...

... UND ICH ERINNERE MICH, WIE SICH UNSER VATER DARAUFHIN IN EINEN LIEBENDEN EHEMANN VERWANDELT HAT, ALS WÄRE ER ZUR BESINNUNG GEKOMMEN.

UNSER VATER HAT VIELE FEHLER GEMACHT, DIE ER MEINER MUTTER NICHT OFFENBAREN KONNTE.

ABER IN SEINER VERGANGENHEIT GAB ES ZWEI MENSCHEN, MIT DENEN UNSER DURCHTRIEBENER VATER EINFACH NICHT BRECHEN KONNTE.

HA...!

ER IST EINFACH UNVERBES-SERLICH!

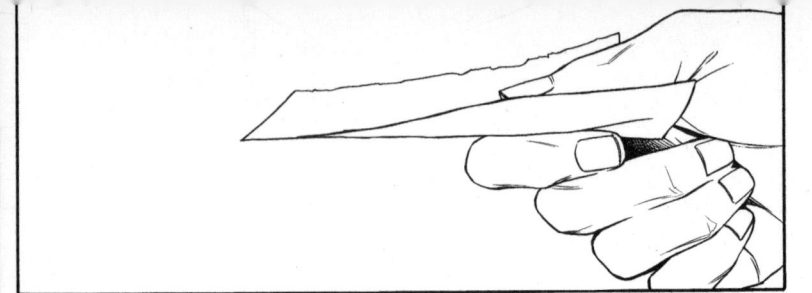

... MUSST DU ENT-SCHEIDEN.

... SELBST-
VERSTÄNDLICH.

DAS IST
DOCH...

JETZT
WIRD SICH
ALJOSCHA
BESTIMMT
NICHT MEHR
EINSAM
FÜHLEN.

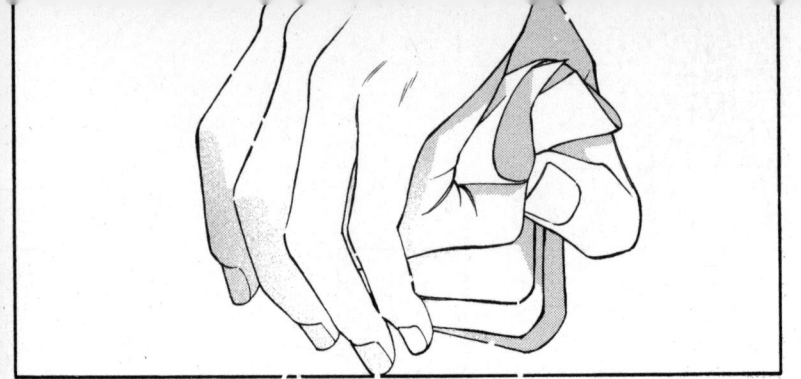

ABER VIELLEICHT LEIDE ICH SO SEHR...

... WEIL DAS NICHT ALLES IST.

... UND STELLEN UNS IMMER WIEDER DEM KAMPF.

AUCH DICH, ASA-CHAN.
MI-CHAN…
SO MUSSTE ICH…
… NICHT ÜBER MICH SELBST NACHDENKEN.

ガバッ
GRAPP
ぎゅう〜!!
KLAMMER
SCHON OKAY, MI-CHAN!
DU DARFST MICH VERLETZEN...
... WEIL DU ES BIST!

DIE WELT BEGINNT SICH ZU DREHEN...
ABER EGAL WIE GRAUSAM...
... UND ES GIBT NUR EINE BEDINGUNG.
... ODER BEÄNGSTIGEND DU ES FINDEST...
... DU MUSST BEI MIR BLEIBEN, OKAY?
SO WIRD UNSERE WELT AUF KEINEN FALL ENDEN.

... UND FÜHLTEN UNS ALS MÄNNER ZUEINANDER HINGEZOGEN.

ES WAR WIE EIN GEWITTER, UNSER SCHICKSAL UND UNSERE GANZE WELT.

UND DAVON WERDEN WIR UNS MITHILFE UNSERER ZUNEIGUNG IMMER WIEDER ÜBERZEUGEN.

ASA & MITJA 2 – ENDE

JEDER VERSUCHTE VERZWEIFELT, MIKAS AUFMERKSAMKEIT AUF SICH ZU ZIEHEN.

MICHIRUS ANDENKEN

ALSO EHRLICH. ICH KAPIER'S NICHT.

SICH WIE EIN IDIOT FÜR IHN ABZUSTRAMPELN IST DOCH KRANK.

KOMM... JETZT HÖR SCHON AUF DAMIT.

AUCH ICH...

... WAR EINER VON IHNEN.

DU KAPIERST'S ALSO NICHT, JA, HATA-SAN?

HUCH?! ICH DACHTE, DU WOLLTEST DIR DIE HAARE WACHSEN LASSEN.

OH VER-DAMMT!

SO JÄMMERLICH...

JETZT KANN MAN EUCH GAR NICHT MEHR AUSEINAN-DERHALTEN.

PATT

LIES MAL EIN BUCH!

WENN DU NUR WILLST...

DU HAST DURCHAUS KREATIVE TALENTE.

... KANNST DU ALLES JEDERZEIT ÄNDERN, MIKA.

GRABB

...

HMM...? FINDEST DU, ERI? ABER DU UND MIKA SEID EUCH DOCH SO ÄHNLICH.

MIKA WURDE MIT SAMTHAND-SCHUHEN GROSSGE-ZOGEN UND FÜRCHTET SICH VOR NICHTS...

... DOCH MICHIRU SCHIEN DIESE SCHWACH-STELLE ZU SEHEN.

RESPEKT!

DU WEISS GENAU.

... WAS MIKA HÖREN WILL, MICHIRU.

MIT ZWEI
SO ANSTREN-
GENDEN BESTEN
FREUNDEN WIE
EUCH HAB ICH'S
SCHON
VERDAMMT
SCHWER.

ICH
WAR SO
FEIGE...

... EIFERSÜCHTIG UND
KOMPLEXBELADEN...

ERI?

... DASS
ICH MICH AM
LIEBSTEN IN
LUFT AUFGELÖST
HÄTTE.

*BESTIMMT WÜRDE ICH NIEMALS EINE
CHANCE GEGEN MEINEN BRUDER HABEN.*

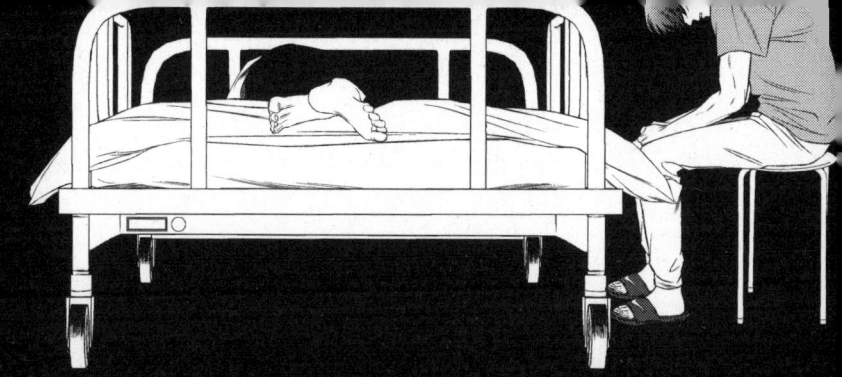

ICH
WEISS...

ABER
TROTZDEM
WERDE ICH
DIR ALLES
GEBEN, WAS
ICH HABE...

... MIKA.

DAMIT
DU NIE
WIEDER
VERLETZT
WIRST.

DANN
BIS BALD,
MICHIRU.

ERI
WARTET
AUF MICH.

SAG
MAL,
ERI...

LASS
UNS DOCH
IRGENDWO
HINFAHREN,
WEIT WEG.
AN EINEN
ORT...

... MIT
MEER, WIND
UND GUTEM
WETTER.

HA
HA...

EINIGE JAHRE SPÄTER...

WAS IST LOS, MI-CHAN?

WAS...? WOW! POST VON MIKA!

AMSTERDAM...

HA HA! DIMIMI IST TOTAL GEFRUSTET!

...

WAS STEHT DENN DA?! ERI, DIESER VERDAMMTE MISTKERL!

WAAAS?! DIE BEIDEN SIND UNS ZUVORGE- KOMMEN!

SAGT MAL, LEUTE! WAS BEDEUTET EIGENTLICH „AMSTERDAM"?

SEHT DOCH! DIE INNEREIEN SIND TOTAL VERKOHLT!

WARUM ISST DIE KEINER?!

Ihr dürft uns gern in Amsterdam besuchen! Mika

Da seid ihr neidisch, was?! Geschieht euch recht, ihr Hackfressen!

HEY, LEUTE! ESST AUCH ETWAS GEMÜSE!

MICHIRUS ANDENKEN – ENDE

SUTOPPU!

Koko wa kono manga no owari dayo.
Hantaigawa kara yomihajimete ne!
Dewa omatase shimashita!
Tanoshii hitotoki wo dozo!

Egmont-Manga-Chiimu

STOPP!

Das ist der Schluss des Mangas.
Fangt bitte am anderen Ende an!
Und nun genug der Vorrede,
viel Spaß beim Lesen!

Euer Egmont-Manga-Team

www.egmont-manga.de
Unsere Bücher findest du im
Buch- und Fachhandel und auf

www.egmont-shop.de

„Asa & Mitja" von Billy Balibally
Aus dem Japanischen von Melania Schmitz
Originaltitel: „Asa to Mitya" vol. 2

Originalausgabe:
ASA TO MITYA volume 2
©BILLY BALIBALLY 2017
All Rights Reserved
First published in Japan in 2017 by
Frontier Works Inc.
German translation rights arranged with
Frontier Works Inc. through
Tuttle-Mori Agency, Inc, Tokyo

Deutschsprachige Ausgabe:
© 2022 Egmont Manga verlegt durch
Egmont Verlagsgesellschaften mbH,
Alte Jakobstr. 83, 10179 Berlin

1. Auflage

Verantwortliche Redakteurin: Luisa Steinhäuser
Redaktion: Katrin Aust
Gestaltung: Esther Strunck
Koordination: Angelika Schönhuber
Printed in the EU
ISBN 978-3-7704-4266-9

story house

EGMONT

Die Egmont Verlagsgesellschaften gehören als Teil der Egmont-Gruppe zur
Egmont Foundation – einer gemeinnützigen Stiftung, deren Ziel es ist, die sozialen,
kulturellen und gesundheitlichen Lebensumstände von Kindern und Jugendlichen zu
verbessern. Weitere ausführliche Informationen zur Egmont Foundation unter
www.egmont.com